LES TROYENNES EN CHAMPAGNE,

OPERA-COMIQUE

EN UN ACTE.

Par M. VADÉ

Représenté pour la premiere fois sur le Théatre de l'Opera-Comique du Fauxbourg St. Germain, le 1 Février 1755.

A LA HAYE,

Chez PIERRE GOSSE, Junior,

Libraire de S. A. R.

M. DCC. LIX.

PERSONNAGES.

Mde FERTILLE,   Mlle. DE VILLIERS.

NITOUCHE, Mlles ROZALINE. ⎫ *Filles de*
CLAIRETTE,   DESCHAMPS. ⎬ *Madame*
DOUCETTE,   DE LORME. ⎭ *Fertille.*

CASTAGNETTE, *Enfant de Nitouche.*

RETOR, *Ami de la Famille.*   M. BOURET.

BRUSQUEFEU, Mrs. PARENT. ⎫ *Lieutenans*
TAPINOIS,   REBOURS. ⎬ *de l'Armée*
BONACCORD,   HAUTMER. ⎭ *d'Attila.*

FINUS, *Député de l'Armée.*   DE L'ISLE.

La Scène est devant Troyes.

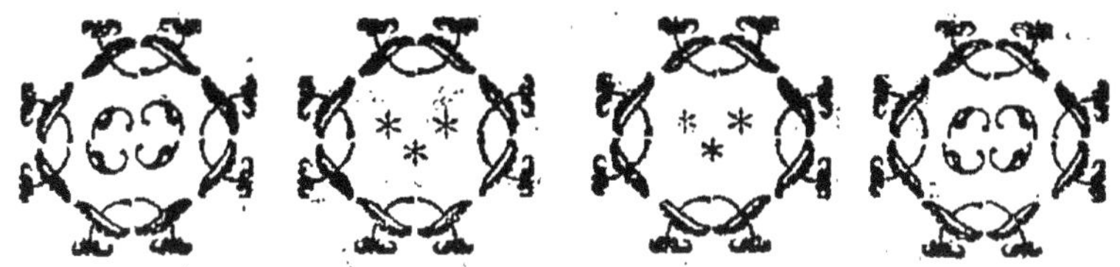

LES
TROYENNES
EN CHAMPAGNE,
OPERA-COMIQUE.

Le Théatre repréfente les dehors de la ville de Troyes en Champagne environnée de Tentes & de tout l'attirail d'un Siége.

SCENE PREMIERE.

RETOR *feul.*

AIR. *Des pendus.*

Notre ville eft prife d'affaut,
Décampons donc puifqu'il le faut,
Attila que le diable emporte,
Nous étrille de belle forte;

A 2   Vair-

Vaincus par les Huns & les Gots,
Nous dépendons de ces magots.

AIR. Quand je partis de la Rochelle.

Je ne regrette point la ville,   (*bis.*)
Ni les Bourgeois qui font dedans,
             Ma lurette,
Ni les Bourgeois qui font dedans.

AIR. D'Epicure.

Je ne tremble que pour nos vignes,
Et pour une femme d'honneur,
Dont les trois filles font bien dignes
Des droits qu'elles ont fur fon cœur,
De tout tems Madame Fertile
M'a confié fes intérêts,
Achevons de nous rendre utile,
L'amour rembourfera les frais.

SCENE II.

RETOR, Madame FERTILLE, CLAIRETTE, NITOUCHE, DOUCETTE, CASTAGNETTE, *Fils de Nitouche.*

RETOR.

AIR. *Non, je ne ferai pas.*

QUEL fpectacle! approchés, famille défolée
A la fureur du fort triftement immolée,
Ne puis-je, répondez, vous fouftraire au Vainqueur
                                              Made

Made. FERTILLE.

Non, vous ne pouvez rien, malgré votre bon
   cœur

RETOR.

AIR. *Savez-vous-bien jeune Tendron.*

Il est ce me semble encor tems.

DOUCETTE.

Hélas ! nous venons de nous rendre.

CLAIRETTE.

Et par ordre des Lieutenans,
Ici nous venons les attendre.

Made. FERTILLE.

Mes Filles sont en leur pouvoir.

NITOUCHE.

Et tour à tour ils veulent voir,
    Ils veulent voir,
    Ils veulent voir,
Celle qui pourra leur écheoir.

RETOR.

AIR. *De Catinat.*

Oh ! je vais de ce pas leur offrir tous mes biens,
S'il le faut pour briser vos indignes liens.

A 3

Made.

Made. FERTILLE.

Eh mais, mon cher Retor, vous n'y pensez donc
pas,
Peut-on offrir des biens que pillent les Soldats ?

DOUCETTE.

AIR. *Ah! mon mal ne vient que d'aimer.*

De toutes parts ces effrénés
Les prennent sans être donnés.

NITOUCHE.

Chaque Officier avec ardeur,
Ufant du droit de guerre,
Afin d'acquerir plus d'honneur
Ne nous en laiſſe guère.

RETOR.

AIR. *De néceſſité néceſſitante.*

Nous perdons tout & votre reſſource,
Confiſte à préſent dans cette bourſe,
Oui, pour votre rançon je la donne.

Made. FERTILLE.

Retor, vous avez l'ame trop bonne.

RETOR *à l'Enfant.*

AIR. *Mais comment, ses yeux sont humides.*

Et vous mon petit Castagnette ;
Vous n'êtes encor qu'en jacquette,
Mais avec l'âge on devient grand ;
Vous me retracez votre pere
Ce souvenir me désespére !
Pour rien il se battoit souvent,
Il étoit même un peu méchant ;
Mais entre nous, on a beau l'être,
Tôt ou tard on trouve son maître,
Soyez moins brave, mon enfant,
Vous serez plus longtems vivant.

Made. FERTILLE.

AIR. *Du Prévôt des Marchands.*

Mais mon cher, est-ce-là l'instant,
De harranguer ce pauvre Enfant,
Dont l'ignorance est très-profonde,
Il ne sçait pas articuler ;
Que voulez vous qu'il vous réponde ?

RETOR.

O moi, je parle . . . .

NITOUCHE.

Pour parler.

                    Made.

Made. FERTILLE.

Air. *La bonne Avanture.*

Votre zèle est fort ardent.

RETOR.

Oui, je vous le jure.

Made. FERTILLE.

Mais ce zèle cependant,
De rien ne m'assure,
Clairette en sçait plus que vous,
Allons, ma fille, dis-nous,
La bonne avanture, au gué,
La bonne avanture.

CLAIRETTE.

Air. *Nous sommes, Précepteurs d'amour.*

Malgré ma bonne volonté,
Permettez que je m'en dispense.

Made. FERTILLE.

Par passe-tems, ou par bonté,
Dis-nous ce que le destin pense,

CLAIRETTE.

AIR. *De la Contredanse de la Fontaine de Jouvence*

Ne lisons jamais dans l'avenir,
A notre ignorance il vaut mieux se tenir,
Ne lisons jamais dans l'avenir,
Qui veut trop savoir, souvent se voit punir.

Un cœur amoureux,
Qui se croit heureux,
Se livre & ne datte
Que de l'instant qui le flatte,
Sans approfondir,
S'il pourra finir,
Son tendre amour ne voit que le plaisir.

Ne lisons jamais dans l'avenir,
Qui veut trop savoir, souvent se voit punir.
En folâtrant, une Belle s'engage,
Sans réfléchir qu'un Amant doit changer,
Jouiroit elle des fleurs du bel âge,
Si sa raison pénétroit le danger ?

Ne lisons jamais dans l'avenir,
Qui veut trop savoir, souvent se voit punir.

Combien d'Epoux
Seroient jaloux,
S'ils n'étoient pas dans l'ignorance ?
Loin de prévoir
Il faut avoir
Le soin d'écarter le Miroir.

Est-ce un mal
Quand au Bal

 Femme

Femme fe rend,
Près d'un galant ;
Enfin doit-on
L'en blâmer ? non,
Dès que fon mari le trouve bon,
S'il eft content,
En faut-il tant
Pour prouver qu'il eft ignorant.

Ne lifons jamais dans l'avenir,
A notre ignorance il vaut mieux fe tenir,
Ne lifons jamais dans l'avenir,
Qui veut trop favoir, fouvent fe voit punir.

Made. FERTILLE.

AIR. *Chacun a fon tour.*

Sçais tu que tu bas la campagne
A quoi bon ces propos en l'air,
Seroit-ce l'effet du Champagne ?

CLAIRETTE.

Tantôt vous y verrez plus clair,
Le tableau qu'en fecret je projette,
Se fera voir dans tout fon jour,
Chacun a fon tour,
Liron, Lirette,
Chacun a fon tour.

SCENE

SCENE III.

Des Tambours battant la Marche nouvelle arrivent accompagnés des trois Officiers qui viennent s'emparer de leurs Prison-nieres.

Made. FERTILLE, RETOR, CLAI-RETTE, NITOUCHE, DOUCET-TE, BRUSQUEFEU, BONAC-CORD, TAPINOIS, UN EN-FANT.

BRUSQUEFEU.

AIR. *Malgré la Bataille.*

SI le fort des armes
Vous soumet à nous,
Sçachez que vos charmes,
Nous subjuguent tous;
Comparant nos peines
A vos maux divers;
Palsembleu nos chaînes
Vallent bien vos fers.

TAPINOIS.

Air. *Quel désespoir.*

Faites un choix,
Pour nous enflâmés, vous Mesdames.

BONACCORD.

Faites un choix,
Donnez, ou bien suivez des loix.

Made. FERTILLE.

Air. *Trois enfans gueux.*

Nous ne suivons dans ces affreux instans,
Pour toute loi qu'une juste tristesse.

DOUCETTE.

Pour nous aimer c'est bien prendre son tems.

NITOUCHE.

De sa victime en fait-on sa Maîtresse?

TAPINOIS *prenant Nitouche.*

Air. *Margot a vendu son cotillon, &c.*
Veuve que console un bon vivant,
Doit rire,
Doit rire.

BONAC.

BONACCORD *se saisissant de Doucette.*

Il faut en faire autant,
Tout pour vous conspire,
Tout pour vous conspire.

BRUSQUEFEU *s'emparant de Clairette.*

Ce minois séduisant,
Semble contredire
Cet air méchant.

Made. FERTILLE.

AIR. *Non, non, Messieurs, il n'en est rien.*

Non, non, Messieurs, il n'en est rien,
Non, non, mes Filles pensent trop bien,
Pour la vertu, la bonne-foi,
Elles tiennent de moi.

BRUSQUEFEU.

AIR. *Le tout par nature.*

Tenir de vous pour l'honneur,
Annonce assez leur candeur,
Leur renom est fort connu,
Ce qu'elles savent faire,
Prouve bien que la vertu
Est héréditaire.

BONAC-

BONACCORD.

AIR. *C'eſt dans la rue de la Mortellerie.*

A quoi bon toutes ces façons.   (*bis.*)

TAPINOIS.

Parbleu, nous nous y connoiſſons.

RETOR.

On ſçait qu'au Militaire.
On n'en impoſe guère.

AIR. *Que je regrette mon Amant.*

Mais, Meſſieurs, vous vous méprenez,
Et pour cette famille honnête,
Je vous offre cet or,

TAPINOIS.

Donnez.

BRUSQUEFEU.

Lui frappant ſur l'épaule.

Mon cher vous ferez de la Fête,
Nous aimerons,
Nous rirons,
Nous boirons,
Nous danferons,
Et vous payerez les violons.

BONAC.

BONACCORD.

AIR. *Ça n'se fait pas.*

Allons, Mesdames, décidez,
    Vous retardez
L'instant où chacun aspire;

TAPINOIS.

Sans parler vous vous regardez,
Qu'est-ce que cela veut dire?

BRUSQUEFEU.

Fuir l'amour avec tant d'appas,
        Ça n'se fait pas.   (*bis.*)

DOUCETTE.

AIR. *La mort de mon cher Pere.*

Moi, je ne puis rien dire,
    Rien ne touche mon cœur.

CLAIRETTE.

Moi du don de prédire,
Je fais tout mon bonheur.

NITOUCHE.

Quelle fâcheuse épreuve!
J'ai perdu mon Epoux,

                                  Par

Par vos coups je fuis veuve,
Que me demandez-vous ?

BONACCORD *à Doucette.*

AIR. *Le Siegneur Turc a raifon.*

L'infenfible, on l'a faura
    Vaincre par tendreffe.

BRUSQUEFEU. *à Clairette.*

Et fans magie on pourra
Charmer la Devinereffe.

TAPINOIS. *à Nitouche.*

Vous aurez un autre Epoux,
On en trouve parmi nous
    D'une vaillante efpéce.

BONACCORD.

AIR. *Marche de Louvendal.*

Sans vouloir me flatter,
Je puis me venter,
Que l'amour chez moi
Eft d'un fort bon alloi.

TAPINOIS.

La timide langueur,
L'infipide fadeur,
N'altérent point mon ardeur.

BRUS-

BRUSQUEFEU.

Si j'aime brufquement,
  J'aime conftamment;
N'hefitez donc plus,
Car je hais les refus,
Il faut fur le champ,
  Qu'à la tête du camp,
L'Hymen nous uniffe avec éclat,
  L'Amour fera le contrat.

RETOR.

AIR. *Recevez donc ce beau bouquet.*

Un tel parti me paroît bref,
Attila feul doit être Maîtrè.

BONACCORD.

En fait de gloire il eft le chef,
En fait d'amour chacun peut l'être.

TAPINOIS.

Tandis que pour nous exercer,
Nous choififfons une compagne,
Attila pour fe délaffer,
    Fait moufler
Votre vin de Champagne.

<table>
<tr><td align="center">B</td><td align="right">Faiſ</td></tr>
</table>

BONACCORD.

AIR. *Bouchez, Nayades, vos Fontaines.*

Il faut nous fuivre, êtes-vous prêtes?

NITOUCHE.

Quoi donc, barbares que vous êtes,
Vous nous outragez juſques-là!

BRUSQUEFEU.

Mais l'Hymen n'eſt point un outrage,
Toujours on répare par-là
Le tort qu'a produit le carnage.

TAPINOIS.

AIR. *Ah! ça vla qu'eſt donc baclé.*

Le fort en décidera.

BONACCORD.

Des dez en feront l'office.

BRUSQUEFEU.

Tour à tour on tirera.

NITOUCHE.

A ce jeu je suis bien novice,
Expliquez-vous s'il vous plaît.

BRUSQUEFEU.

Oh ! nous allons vous mettre au fait.　(*bis.*)

Les trois Officiers se parlent ici bas entr'eux. Pen-
dant ce tems Clairette achêve le couplet que
Madame Fertille commence aussi entr'elles
quatre.

Made. FERTILLE.

AIR. *De tous les Capucins du monde.*

Quels chagrin cet aprêt me cause !

CLAIRETTE.

Oui, mais il nous reste une clause,
Qui pourra les mettre en défaut,
Tirons parti de leur jeu même,
En exigeant un point si haut,
Qu'ils soient dupes du stratagême.

BRUSQUEFEU *tenant & remuant le Dez.*

AIR. *Lon, la.*

Qui ne sçait qu'amener dix,
Ne remporte pas le prix,

Quin-

Quinze eſt un beau point,
Encor n'eſt-il point
Ce qu'on nomme prodige,
Dix huit eſt le *nec plus ultra.*

C L A I R E T T E.

C'eſt ce point qu'on éxige,
Lon, la,
C'eſt ce point qu'on éxige.

B O N A C C O R D.

A I R. *Aucun Paſteur.*

C'eſt un hazard.

B R U S Q U E F E U.

Qui rarement arrive.

T A P I N O I S.

C'eſt un hazard.

N I T O U C H E.

Eh bien, moi, pour ma part,
Si les dez, malgré tous vos ſoins
En amenent un ſeul de moins,
De mon cœur je vous prive;
Mais ſi le nombre eſt complet & certain,
Je ferai de bon cœur la moitié du chemin.

T A

TAPINOIS.

AIR. *Et j'y pris bien du plaisir,*

Il faut être raisonnable.

NITOUCHE.

Sans ce hazard point d'accord.

TAPINOIS.

Il nous feroit favorable,
Si l'on commandoit au fort.

DOUCETTE.

Je fixe les dez à seize.

CLAIRETTE.

Vous gagnerez à dix-sept.

BRUSQUEFEU.

Vous en parlez à votre aise,
C'est nous refuser tout net.

BONACCORD.

AIR. *Vous fixez un aimable Amant.*

Eh qu'importe, amis, essayons,
Nous pouvons être heureux.

T A P I N O I S.

Voyons.
Si nous échouons, quel dommage?

B R U S Q U E F E U.

Ma foi, j’en ſuis preſque certain,
Mais ſouvent qui reſte en chemin,
N’a pas moins tenté le voyage.

T A P I N O I S.

Aɪʀ. *Du haut en bas.*

Sur ce tambour,
Qu’à l’inſtant le Deſtin préſide.

B O N A C C O R D.

Sur ce tambour,
Dreſſons un autel à l’Amour.

B R U S Q U E F E U.

Je ſens que ſa flâme me guide,
Heureux ſi pour nous il décide,
Sur ce tambour.

B R U S Q U E F E U.

Aɪʀ. *Sous ces ormeaux.*

Voici les dez.

BONACCORD *prenant les dez.*

Oh! fort fi vous me fecondez,
Montrant Doucette.
   Cet aimable objet.
Sera mon lot.

BRUSQUEFEU.

   As-tu fait,
Bonaccord tire. . . . .

DOUCETTE.
                 Sept.
   Elle rit.

TAPINOIS *montrant Nitouche.*

Pour la Veuve à mon tour,
Voyons,

NITOUCHE.
  Cinq.
Elle le montre au doigt en riant auffi.
    Oh! Dieux quel cruel tour!

BRUSQUEFEU.

   Vous tirez mal,
  J'attends un bonheur fans égal,
à Clairette.
    Le charmant minois,
à fes camarades,
  Je vous croyois plus adroits,
     B 4   CLAI-

CLAIRETTE.

Trois.
Elle fait un grand éclat de rire.

BRUSQUEFEU *donnant un coup de pied dans le tambour & jettant les dez.*

AIR. *De tous les Capucins du monde.*

Que le diable emporte la chance.

Made. FERTILLE.

Vous ne prétendez rien, je penſe?

RETOR.

Elles ſont libres,

BRUSQUEFEU.

Un moment,
Que chacun prenne ſa compagne.

Made. FERTILLE.

Vous avez perdu.

BRUSQUEFEU.

Non vraiment,
Car nous joüions à qui perd gagne.

NITOUCHE.

AIR. *C'eft le tran tran, tran, &c.*

Eft-ce ainfi qu'un grand cœur en ufe.

DOUCETTE.

Allez, vous êtes bien méchant.

CLAIRETTE,

Apprenez de moi que la rufe
Ne fait point honneur au penchant.

BRUSQUEFEU.

Ufer de détours à Cythere,
Et chez Bellone en faire autant.

TOUS TROIS.

C'eft le tran, tran, tran, tran, tran,
D'un adroit Militaire.

AIR. *Du Cano j'aurai une robbe.*

BONAC-CORD.	Vous ferez ma femme, Vous ferez ma femme, Que d'appas,	DOU-CETTE.	Etre votre fem-me, Etre votre fem-me. Nenni pas,
BRUSQUE-FEU.	Que d'appas, Sur mon ame, Sur mon ame,	NITOU-CHE.	Nenni pas, Sur mon ame, Sur mon ame,
TAPINOIS.	Vous fuivrez nos pas, Vous fuivrez nos pas.	CLAI-RETTE.	Nous fuirons vos pas. Nous fuirons vos pas.

BON-

BONACCORD.

AIR. *Tambour de l'Amour.*

Oh ! pour cette fois,
Ufons de nos droits,
Reçevez nos loix,
Vous êtes captives.

BRUSQUEFEU.

Malgré nos bontés,
Si nos Députés,
A nos volontés,
Vous trouvent retives,
Alors moins foumis
Ce fera comme ennemis,
Que tout nous fera permis;
  Je le repete,
 Il faut en ce jour,
Que la violence ou l'amour,
Produife votre défaite,
Allons, battez tambour.

Ils fortent au bruit de la Marche qui annonçoit
leur arrivée.

SCE-

SCENE IV.

RETOR, Madame FERTILLE,
CLAIRETTE & *ses Sœurs.*

RETOR.

AIR. *Le cœur se donne troc pour troc.*

CEci me paroît férieux
De leurs projets je vais m'inftruire,
Et je reviendrai dans ces lieux,
Vous confoler & vous conduire.

SCENE V.

Madame FERTILLE & *ses Filles.*

NITOUCHE.

AIR. *Des Pierrots.*

MAis mes Sœurs avons-nous bienfait?
Pour moi j'en doute,
Car, coûte qui coûte,
Il valoit mieux céder tout net,
Puifqu'ils font maîtres en effet.

Dou-

DOUCETTE.

L'avis est fort bon, je le goûte.

CLAIRETTE.

Je commence à penser comme cela,

Made. FERTILLE.

Quoi, vous vous abaifferez jufques-là.
Ah, ah,
Je voudrois bien voir ça.

AIR. *Tu croyois en aimant Colette.*

Comment donc, ma fille Nitouche,
Avec votre fimplicité,
Ce confeil par de votre bouche,
Qui s'en feroit jamais douté ?

NITOUCHE.

AIR. *Eft-ce que ça fe demande.*

Que peut-il arriver de pis,
Dans l'état où nous fommes.

Made. FERTILLE.

Vous panchez pour nos ennemis,

DOUCETTE.

Ces ennemis font hommes.

NITOUCHE.

Tout homme sçait combler nos vœux,
Pour peu que l'on se rende.

Made. FERTILLE.

Mais qu'attendez-vous de leurs feux?

NITOUCHE.

Est-ce que ça se demande?

DOUCETTE.

AIR. *Du Carillon de Dunkerque.*

Un Guerrier en effet,
Un bien mieux notre fait,
Que le vain préjugé,
Qui veut que l'on soit vangé.

CLAIRETTE.

L'honneur a beau gronder,
Le besoin de céder
N'a rien de criminel,
S'il sauve un mal réel.

NITOUCHE.

Lorsque l'on n'a plus rien,
Un époux sied fort bien;
Nous avons combattu,
Et d'ailleurs la vertu,

A

A fait plus d'un traité
Avec la néceffité.

Made. F E R T I L L E.

Air. *Des Folies d'Efpagnes.*

Moi feule hélas! je veux être victime.

C L A I R E T T E.

Paix! à m'oüir, employés tous vos foins,
L'art de prédire en cet inftant m'anime,
Cela me vient quand j'y penfe le moins.

Air. *Tu connois le mariage.*

Tous les tems frappent ma vûe,
O Ciel! que d'objets divers
Me font offerts,
A travers la nuë;
Paffons en revue,
Tout l'Univers,
Dans les mains d'une Coquette,
Que ce gros & riche Abbé
Eft bien tombé!
On n'eft pas fans dette;
Tout ce qu'il lui prête,
Eft flambé.
Plus loin voyez cette prude,
Qui montrant dans un faux jour
Son amour;
Conduit au but fon Amant,
Par les detours du beau fentiment,
L'Actrice fait fon étude
D'affocier

Un

Un Financier
Aux dépenses qu'elle fait,
Pour obliger un Plumet,
Quelle est cette Nymphe piquante,
C'est une Danseuse brillante,
Qui fiere de ses appas
Et faisant payer fort cher un faux pas,
Danse à l'Opera,
Et cétera
Mais
Que de colifichets,
Transportent jusqu'à l'excés
Nos François,
Quoi jusque sur les bonnets
Regnent les cabriolets,
Chacun en porte à sa montre,
On se les montre,
Des riens charmoient nos ayeux,
Un rien nous plait; & nos Neveux,
Auront de qui tenir,
Voilà le passé, le présent, l'avenir.

Made. **FERTILLE.**

AIR. *Un Cordelier, d'une riche encolure.*

Instruis-nous donc de ce qui nous concerne.

CLAIRETTE.

Hélas, je discerne
Dans l'éloignement
Un prompt évenement.
Je vois l'Amour & l'Hymen à sa suite
Le cœur me palpite,
Je vois... je vois bien....
Que je ne vois plus rien.

SCENE

SCENE VI.

RETOR & *les précédents.*

RETOR.

AIR. *Oui, j'ai tout vû.*

QU'AI-JE entendu !
Hélas, tout est perdu !
Quel projet,
C'en est fait,
Le malheur est complet.

Made. FERTILLE.

AIR. *La fameux Diogène.*

Explique-vous de grace.

RETOR.

Leur fureur vous menace.
Montrant Nitouche.
Ils demandent son fils.

NITOUCHE.

Mon fils ! ô ciel, que faire

Hé-

Hélas dans cette affaire,
Donnez-moi votre avis.

RETOR.

AIR. *Des Foires de Brie.*

On peut le cacher fous ce tonneau.
Et par quelqu'hiftoire
Leur en faire à tous accroire,
On peut le cacher fous ce tonneau.

CLAIRETTE.

Si le tour n'eft pas fin , il eft du moins nouveau.

*Ici on leve un tonneau , & en plaçant l'Enfant
deffous*
Nitouche chante.

NITOUCHE.

AIR. *Faites dodo.*

Faites dodo
Cher caftagnette,
Faites dodo
Jufqu'à tantôt.

DOUCETTE.

Mais fi fes cris decouvroient fa cachette.

RETOR.

Non, il eft trop bien né pour dire mot.

C   Tous

T O U S.

Faites dodo
Cher Caſtagnette,
Faites dodo
Juſqu'à tantôt.

S C E N E   VII.

FINUS *& les Précédens.*

*Des Soldats portant des Picques accompagnent
Finus.*

R E T O R.

AIR. *Du Confiteor.*

ON vient.

Made. F E R T I L L E.

Je tremble.

N I T O U C H E.

Je frémis.

F I N U S.

Meſdames, au nom de l'armée,
Contre vous, je vous avertis,
Qu'elle eſt fortement animée,

En

En aimant trois de nos Héros,
Vous pouvez finir tous vos maux.

Made. FERTILLE.

AIR. *Du Manchon.*

Notre réponse est déja faite,
On sçait quels sont nos sentimens,

FINUS.

De votre ville je regrette
Les admirables monumens.
Si la froideur regne encor dans votre ame,
Tout doit être en proie à la flâme.

La célebre Imprimerie qui fait tant d'honneur à la France, où les Auteurs fameux déposent leurs immortels ouvrages, ne subsistera plus. Sans respecter même l'illustre boutique de l'éternelle Madame la veuve Oudot, asile antique qui sert de temple glorieux à tant de Héros, tels que Pierre de Provence, la Belle Maguelone, Fortunatus, Richard sans peur, Robert le Diable, &c. en un mot, cette auguste Bibliothéque bleuë, que tant de Romans, de Tragédies, de Comédies, de Parodies & de Opera-Comique auroient encore grossie, sera détruite, ainsi que les Ecreignes, la rüe Dubois.... Vous palissez à ce tableau.

Sans restriction,
Repondez donc,
Dites oui, ou non,

Quel

Quel eſt votre deſſein,
Parlez enfin,
Quel eſt votre deſſein.

Menuet de Granval.

Ce ſilence ſe fait entendre,
Je ſçais comme on doit l'expliquer,
à part.
Mais autrement je vais m'y prendre ;
Ce moyen-ci ne peut manquer.

AIR. *Vous voulez me faire chanter.*

à Nitouche.
Les Gots demandent votre Fils,
Il faut les ſatisfaire.

N I T O U C H E.

Tantôt leurs fiers ſoldats l'ont pris,
Ah ! rendez-le à ſa Mere.

F I N U S.

A ne me tromper qu'une fois,
Bornez votre malice,
Ma Belle, ſachez que j'y vois
Un peu plus clair qu'Ulyſſe.

AIR. *Fidelle.*

Sans peine,
Je ſaurai bien l'avoir,
Il faut voir ;
à ſa Troupe.
Faites tous votre devoir.

NITOUCHE.

La recherche eſt vaine,
La recherche eſt vaine.

FINUS.

Ce tranquille aveu,
L'annonce en ce lieu.

NITOUCHE.

AIR. *Il eſt mort mon cher Caſtor.*

Il eſt mort,

FINUS.

Vous le ſeriez ma Reine,

NITOUCHE.

Il eſt mort,
Demandez à Retor.

FINUS.

Menuet d'Iſis

De ſon ſort je veux être éclairci,
Sans cela je ne ſors point d'ici,
Fatiguez de plus d'une bataille,
Ces Grivois-ci boiront en attendant,
à ſes Soldats.
Mes enfans, percez cette futaille.

NITOUCHE *se jettant au-devant d'eux.*

Ciel, arrêtez!..

FINUS.

Pourquoi ce mouvement?

NITOUCHE *tremblant.*

AIR. *Pour héritage.*

Je vous supplie
D'arrêter leur fureur.

FINUS.

Mais je vous prie,
Pourquoi cette frayeur?

NITOUCHE *patétiquement & embarassée.*

Mon cher Monsieur.

FINUS.

Mais daignez donc poursuivre.

NITOUCHE.

Ah! si je voyois un homme ivre,
Je mourois de peur.

FINUS.

AIR. *Non, je ne ferai pas.*

L'aspect de votre Fils calmera vos allarmes.

NITOUCHE.

Montrant les Soldats.
Commandez-leur avant.

FINUS *à sa Troupe.*

Posez-vous sur vos armes.

NITOUCHE.

Seul je vous dirai tout.

FINUS.

Mais je l'espére ainsi.

NITOUCHE *montrant les Soldats.*

Ces ivrognes, Monsieur, les laissez-vous ici?

FINUS.

AIR. *Du Prévôt des Marchands.*

Allez, retournez tous au camp,
Je vous rejoindrai sur le champ.
à Nitouche.
Parlez.

NITOUCHE *se montrant devant le tonneau &*
le regardant de tems en tems.

J'ai cessé d'être Mere.
C 4   FI-

F I N U S.

Pourquoi tant fixer ce tonneau ?
Votre inquiétude m'éclaire.

Il leve le tonneau.

N I T O U C H E.

Le tirant par l'habit

Cruel ! . . .

F I N U S *prenant l'Enfant.*

Ah ! le plaisant berceau.

N I T O U C H E *se jettant sur Finus.*

A I R. *Il est genti.*

Rends-moi mon Fils.

F I N U S.

Une tête si chere,
Engagera sa Mere,
A vaincre ses mépris,
Il est genti,
Il est joli,
Il ressemble à son Pere,
On diroit que c'est lui.

AIR.

AIR. *Allez vous en gens de la nôce.*

Il vous devra deux fois la vie,
Si l'Hymen vous donne des loix.

NITOUCHE *baifant fon Fils.*

Loin de la lui voir ravie,
Hélas! je la lui rendrois,
　　Plûtôt trois fois,
　　Piûtôt trois fois,

FINUS.

La nature mieux qu'en Afie,
Fait en ces lieux parler fa voix.

DOUCETTE *à Nitouche.*

AIR. *C'eft un Enfant.*

Son fort comme vous m'intéreffe,
Et je m'oppofe à fon danger.

CLAIRETTE.

Certain penchant fecret me preffe,
A me rendre pour l'obliger.

FINUS.

Ce que n'a pû faire
　L'armée entiere
Qu'eft-ce qui le fait dans un inftant,
　　　　C 5　　　　　　　C'eft

C'eſt un Enfant,
C'eſt un Enfant.

Made. FERTILLE *à Retor.*

AIR. *Va-t'en voir s'ils viennent.*

O Dieux! quels tourmens pour nous,
Les cruels nous tiennent.

FINUS.

Moins en Vainqueurs qu'en Epoux,
Ils leur appartiennent,
Les voici qui viennent
Tous
Les voici qui viennent.

SCENE DERNIERE.

Madame FERTILLE, CLAIRETTE
NITOUCHE, DOUCETTE, CAS
TAGNETTE, RETOR, FINUS
BRUSQUEFEU, BONACCORD,
TAPINOIS.

BRUSQUEFEU.

AIR. *Chantons à tour de Bras.*

HÉ bien, mon cher Finus,
Que devons-nous attendre,
Veut-on enfin ſe rendre.

FI

FINUS.

On ne refiste plus.

BRUSQUEFEU,

Viens ça, que je t'embraffe.

BONACCORD.

Mefdames, choififfez.

Made. FERTILLE.

Ah ! laiffez-les de grace.

TAPINOIS.

Le choix les embarraffe,
C'eft nous en dire affez.

RETOR.

AIR. *C'a n'vôus va brin.*

Aimer ceux que l'on perfécute,
Cela n'eft pas fort naturel,
L'Amour qui fans égards débute,
Ne peut être que criminel.

BRUSQUEFEU.

Aux François j'aime la morale ;
Mais qu'ici votre voix l'étale,

Pour

Pour détourner leurs pas
Papa, c'eſt qu'ça n'vous vas pas,
C,a n'vous va pas.

Made F E R T I L L E.

AIR. *L'occaſion fait le larron.*

Quoi, mes enfans, votre fierté chancelle?

C L A I R E T T E.

A notre place je voudrois vous voir,

N I T O U C H E.

Mon Fils m'eſt cher, la pieté maternelle,
Eſt plus forte que le devoir.

T A P I N O I S.

AIR. *Le joli jeu d'amour.*

Par un charmant retour,
Conſervez-lui le jour.

N I T O U C H E. *Elle lui donne la main.*

Je ſens bien qu'il faut que j'y conſente.

D O U C E T T E. *Elle donne la main à Bonaccord.*

Moi, j'en fais l'aveu,
J'aime trop mon cher Neveu,
Pour ne point remplir votre attente.

Prouve

Clairette. *donne la main à Brusquefeu.*

L'exemple que je suis,
Prouve bien que je suis,
Ainsi que vous, ma Sœur, bonne Tante.

Brusquefeu.

Air. *C'est Fanchon & Madelon.*

En ce jour,
Le tendre Amour,
Remporte une triple victoire;
En ce jour, le tendre Amour,
Dans le champ de Mars tient sa Cour,
A la fois Amans & Guerriers,
Nous mêlons le Myrrhe aux Lauriers,
Avec vous vaincus ou vainqueurs
C'est pour nos cœurs
La même gloire.

Tous trois.

En ce jour, le tendre Amour,
Remporte une triple victoire;
En ce jour,
Le tendre Amour,
Dans le champ de Mars tient sa Cour.

Doucette.

Air. *Que chacun de nous se livre.*

Maman après tant de peines;
Aux plaisirs il faut songer.

Made.

Made. F E R T I L L E.

De véritables Troyennes,
Doivent toujours s'affliger.

N I T O U C H E.

C'étoit la mode en Phrigie,
De chercher un beau trépas;
En France on tient à la vie.

Made. F E R T I L L E.

Suivons l'ufage en ce cas.

AIR. *Je fuis Philofophe, moi.*

Chacune ici fans fonger à fa Mere,
N'a penfé que pour foi.
Et d'un Mari fort en état de plaire...

R E T O R.

Vous connoiffez, ma foi.

Made. F E R T I L L E.

Vous m'avez l'air d'être trop économe;
Je veux un jeune homme.
Moi,
Je veux un jeune homme.

TAPINOIS.

AIR. *Du Prévôt des Marchands.*
Mais,

Made. FERTILLE.

Mais, je n'entend pas raison.

FINUS.

Souffrez qu'une comparaison,
Vous infpire plus de juftice
Une Actrice d'un foible rang.

Made. FERTILLE.

Eh bien, quoi, voyons cette Actrice.

FINUS.

Partage felon fon talent.

BRUSQUEFEU.

AIR. *Des tous les Capucins du monde.*

Celle qui fait les premiers rôles,
Reçoit beaucoup plus de piftolles,
Que celle qui montre moins d'art;
Il en eft ainfi d'une Mere;
Elle attrappe une demie part,
Et la Filette a part entiere.

Made.

Made. FERTILLE.

AIR. *Nous sommes Précepteurs d'Amour.*

Deux parts ne me feroient point peur.

FINUS.

Madame, perſonne n'en doute.

Made. FERTILLE *à Retor.*

Son bien m'a prouvé ſon bon cœur,
Du mien il connoiſſoit la route.

BRUSQUEFEU.

AIR. *Eh, non, non, non.*

Qu'un triple Hymen nous engage,

NITOUCHE.

Nous engager eſt fort bon,
Mais grace à votre pillage.
Point de biens point de Maiſons,
au Public.
Meſſieurs que votre ſuffrage,
Soit notre Dot, c'eſt un grand fonds.

Tous

Tous.

Eh, non, non, non,
Nous n'en voulons pas d'avantage.

Ballet de Grenadiers.

FIN.

RONDEAU.

No. 1.

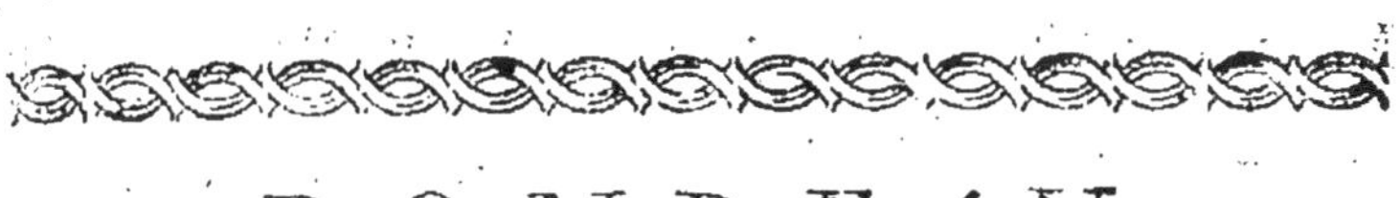

FIN.

D   Un

Au Rondeau.

FIN